Au bord de la mer...

LA LANGOUSTINE MÈNE L'ENQUÊTE

Texte et illustrations
Christophe Boncens

Alizé, une jolie langoustine,
se promène tranquillement au fond de la mer.

Soudain, elle entend des hurlements:
– Au secours! Au secours!
Alizé découvre, cachée derrière un rocher, une huître affolée et bouleversée qui lui confie:
– Cette nuit, j'avais trop chaud et j'ai laissé ma coquille ouverte. Ma perle a été volée durant mon sommeil!

Alizé la rassure:
– Ne t'inquiète pas, elle ne doit pas être bien loin. Je vais mener mon enquête.

L'huître est inconsolable. La langoustine remarque d'étranges traces dans le sable.

« J'ai l'impression que quelqu'un est venu ramper par ici.
Je vais aller rendre visite au bigorneau »,
se dit la langoustine, en se mettant en route.
Elle l'aperçoit un peu plus loin, derrière un rocher.

Alizé s'approche:
– Bonjour, cher ami. Une perle a été volée cette nuit. Aurais-tu entendu, ou bien vu quelque chose?
Choqué, le bigorneau s'écrie:
– C'EST HORRIBLE! Nous ne sommes plus en sécurité. Il y a un voleur dans les parages!

Énervé par ce vacarme, le crabe s'adresse au bigorneau:
– Après avoir ronflé TOUTE LA NUIT sur un rocher près du mien, voilà maintenant que tu te mets à hurler!
Alizé comprend alors que le bigorneau n'est pas le coupable.

La langoustine pense à un autre animal
qui se déplace aussi en rampant :
– Dites-moi, les amis, auriez-vous croisé le bulot ?
Le crabe et le bigorneau répondent en chœur :
– Non, pas ce matin !
– Cherchons-le ! propose Alizé.

C'est alors qu'ils entendent un cri :
– OH ! MERCI MILLE FOIS, tu es mon sauveur !
Ils se retournent et aperçoivent l'huître en pleine discussion avec le bulot.
– Comme c'est bizarre, dit la langoustine.
Venez, allons les voir !

L'huître nage dans le bonheur :
– Il a retrouvé ma perle ! Je suis tellement heureuse !
Alizé demande au bulot :
– Où était-elle ?
Le bulot semble mal à l'aise :
– Euh… je ne sais plus… quelque part par là !
– Comme c'est étrange que tu ne le saches plus !
lui répond la langoustine, d'un air soupçonneux.
Tous les regards se tournent alors vers lui…

Se sentant démasqué, le bulot avoue à l'huître :
– C'est moi qui ai volé la perle cette nuit. Je voulais te la rapporter et devenir ton héros car je suis amoureux de toi.
Émue, l'huître lui répond :
– J'aurais préféré une déclaration d'amour plus en douceur. Mais, je te pardonne car, comme dirait le crabe, moi aussi, « J'EN PINCE POUR TOI » !
Ainsi, l'enquête de la langoustine est résolue de la plus belle des façons.

Jouons avec Alizé!

Quels sont les objets que l'on peut fabriquer avec une perle?

B

D

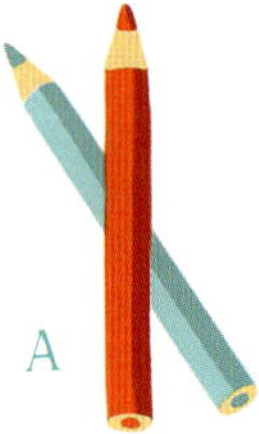

A

C

E

Quelle est l'ombre qui correspond à Alizé?

A

B

Réponses: jeu n°1: B - D / jeu n°2: A

Peux-tu aider Alizé à rejoindre le crabe et le bigorneau?

Dessinons Alizé !

A – Commence par dessiner le corps d'Alizé.

B – Dessine ses yeux et sa bouche.

C – Dessine ses pinces et ses pattes.

D – Dessine ses antennes.

Crée un joli décor et colorie ton dessin représentant Alizé.

Dans la même collection :

Merci à Sylvie pour son aide dans la rédaction et la relecture du texte.

ISBN : 978-2-37133-211-9

Kerangwenn – 29540 Spézet/Speied.

« Loi n°49-956 du 16 juillet 1949 sur les publications destinées à la jeunesse. »

Impression LEGO, Italia.
Photogravure Procolor, Quimperlé.
Dépôt légal : 2e trimestre 2019.

www.beluga-jeunesse.com
www.coop-breizh.fr